早點睡。不要怕妳四叔

阿芭

推薦語

阿芒的文字像一臺詩歌研磨機器，將人性、心靈、文化、社會的種種怪現狀，扯爛包裝卸下面具，磨碎重組其髮膚、肌肉、骨骼，讓錯位臟腑與支離經絡無所遁形，再經歲月風熏創意料理，成就讓人垂涎三千尺，兼具解構詩學與文化拓樸學，滿盈身體碎片感與未來絕望性的《野味詩經》。

——黃粱（詩人、詩評家）

「阿芒向來野得發亮，可是她現在簡直是野得老練了，鄭重封她為野生河狸旁邊那窩野牡丹跳著狡猾作亂的一支狐步舞的人。」
——潘家欣（詩人）

讀阿芒《早點睡。不要怕你四叔》／隱匿

編輯問我讀阿芒的詩有特別喜歡的嗎
我說當然有啊只要是讀懂的
都喜歡
讀不懂的那些也沒有不喜歡只是
讀不懂的是內傷
懂的是外傷
後者稍微好處理一點
反正沒有一個安好心眼
都是人間凶器
都掛著鋒芒
有的是芒草搖晃落日
有的是天文望遠鏡特有的繞射芒
罵人的時候在蹄子上抹奶油
抱卵的時候世上好多人死
笑的時候雖然聲如銀鈴
可卻是屍橫騙野（你得鱉著氣）
我沒有寫錯字
誰敢改詩人的錯字
好喔
如果我的詩是河

（飄著垃圾和塑膠微粒）
阿芒當然就是海（嘯）
或是雪（怪）山（鬼）
戴著小紅帽（的大野狼）
細思及孔（莫非是社恐）
反正不是什麼好孔
牠的作業系統和我們不一樣
不要亂插
不如就快快睡吧不要怕阿芒
你睡了以後牠不會在夢裡等你
但是你的夢會變得很利
很利很利就連鐵打的心跳
也會漏掉好幾拍
不要怕
乖

早點睡。不要怕妳四叔

早點睡。不要怕妳四叔

馬克吐溫說：「十月是炒股最危險的月份」
「其他最危險的月份有：七月、一月、九月、四月、十一月、五月、三月、六月、十二月、八月和二月」

切記！

你有啥就投機啥
「他奶奶的 ALL IN 就對了」
啥也不要怪星星
夢裡什麼都有～只要張開藍牙

～妳今晚接收 airdrop 了嗎

早點睡
不要怪你媽

早點睡
不要怕妳四叔

* 他奶奶那句出自清流君

完美的軟體

有些軟體無法辨識
有些軟體無法掩飾
我一直在尋求完美的軟體
就像張小魚一直想嫁人
有些軟體非常容易被駭
有些軟體超級容易被駭
就像張小魚一直想嫁人
就像張小魚一直想
她 40 歲了好擠
我一直在求
完美的軟體

愛的靈藥

把擁抱的人帶進來
刮下他們被擁抱變黑的部分
磨成細粉
用繩子緊一緊
再刮
變黑的部分
加進此前粉末
研磨
如此反覆
直到繩子穿過
擁抱不再形成陰影

取一小匙，加水服用，一日三回

那個人不是比我愛你

我靈魂的所在
氣候劇烈不穩定
風從不停下來
叫我怎麼記得你的樣子
難道我靠的
不是意志力嗎

那個人不是比我愛你
那個人是比我
記性好

他
輕輕鬆鬆
學會外國話！

我靈魂的所在
水無法以液態或固態顯現
睡眠陌生
「記憶」稀少
即使找遍黑市和暗網都無法購買
往往我不敢打開手指
看世界這一盤沙
到底還剩下什麼
你的樣子你的聲音
我更從來不敢
握在手裡～

那個人不是比我愛你
那個人是比我
記性好

他記得的不少
但也不是太多
那個人手裡都是沙子沙子
沙子沙子

我記得的不多
但也不是太少

我靠的
不是意志力
我靠的是求生的意志

雙重麻煩

他提起她們不加遮掩就像我們從一開始就知道
他不可能只跟一個女人
不可能
局限於
一對一的性
他的愛必須擴張
在抵達深刻之前
必須歷經狂亂、錯誤、恥辱、墮落、死亡
陡峭的斜坡那株大樹一次次阻止自己滑入深淵
地表上我們看見它用力暴突的筋
利於我們抓握，使力向上攀登
去看更高的風景
在我們踩踏的深處，更細的根和其他樹的支流糾纏
匯集，緊緊扣住彼此的咽喉、心臟，誓不放手，直
到最後一刻
持續演奏愛與死

他也如此
用劈材、殺魚的手
寫詩
我可以感覺他的肱二頭肌
拱出紙頁
帶著吞下餌的魚掙扎著回歸大海的劇烈心跳
他沒遺漏細節：如何把別人的妻從抱著嬰兒的老公身邊
叫下樓，當著覆蓋天地的冰雪伸手觸摸剛哺過乳的乳房
他也讓我們注意到
沿路敲響黑莓果香的
牧羊少女
每日低頭經過他門口
就在走出背景前一刻，轉過頭，閃現一抹白，可能臉紅了
但他為夭亡的年輕妻子
寫最多詩
每一首
那麼好
跟其他女人不停的交往和注視
非但不影響還有助於

詩人專注於愛的辯證

我放下書，心跳劇烈
他把魚剖開，當著指責他錯得離譜的上帝跟前把魚做成料理
這完全是男人和男人看來複雜
實則單純的角力
身為女人
有雙重麻煩：
我們必須把魚拉上岸，把勾入牠內臟的魚鉤解開
全程要讓魚活，最後抱牠一起游回大海
男人要屠龍
女人還
必須在屠龍前跟惡龍交朋友
所以
我們遮遮掩掩
還沒有放手
我們必須再爭取一點什麼
才能寫出愛人的
名字
無論一個，還是九十九

他寂寞時揮舞的劍明亮利索
他在廣場吞火時掌聲熱烈
我們遮遮掩掩
思索著
必須再爭取一點什麼
和什麼

他們要把我做成三角

第一次你說中他們的詭計
他們失敗了

他們還要失敗第二回
但他們不以為意

總有女孩
比其他女孩聰明

他們派出精通打獵藝術的
動物

相機先 zoom out
再 zoom in

一條螞蟻的路然後是你

你為自己加冕
你戴上第一個角

總有女孩比其他
女孩聰明

你用第一個角衝刺他們還要
暴力地使用另外的角

但他們不以為意他們受過教育
懂得大霹靂的美妙

他們派出精通打獵藝術的魔法師
大霹靂劈開了金庫嘩啦啦

總有女孩
比其他女孩聰明

總有男孩
得到聰明的女孩

男孩讓女孩打碎宇宙
用碎片刻他的名在肚臍

覆蓋母親的疼痛
當然惹，聰明的女孩

怎麼可能
僅僅作為一個三角而滿足

怎麼可能
僅僅作為螞蟻的蜜

你跟男孩對撞撞出更多角
遠遠超出他們的預言

但他們不以為意

他們不以為意

你們吸毒
變換體位吹角

把森林連同種子燒盡
消防員愛死你了

總有女孩
比其他女孩聰明

總有男孩
拋棄聰明的女孩

消防員愛死你了
管子連水一塊燒盡

女孩乳頭刻著男孩的名字
覆蓋嬰兒來不及的疼痛

票賣光了
你帶著所有的角上台

第一次你安靜在一角拼圖
拼出歌的舌頭

再拼出歌的牙齒

那曾經吃你也吃觀眾你拼出無聲的咀嚼

台下的耳朵
匯集起來拼出巨大的中指

第一次他們用中指戳你
他們還要用中指戳你第二回

夠了受夠了他們說
總有女孩比其他女孩持久

他們不以為意
他們不以為意

*One of them tried to mould me into a big triangle shape and I went "noooo!" - Amy Winehouse on Jonathan Ross, 2004

自然光

搞了一個叫
「也有自然光」的
未來展覽
起先要叫「為什麼不呢」
為什麼不呢
因為不小心給為什麼不
找到一個理由
就是開始得很晚
沒時間害羞了
還因為
自然光每次都來
不管拍不拍照
對了，還有
完全不打光的
畫廊
他開的
並在那裡展出過
名叫「推遲」的作品
那是又一次
練習
想像如何抵達真實
我，終究沒有去

一直下雨我的鍵盤相對

要不要完全拋棄滑鼠
反正貓不需要牠們
要不要換掉一些 hotkeys
反正他們已經冷掉
從沒有經歷過高
高
真正的高潮

我要建造我的捷運沒有恐怖攻擊
我要建造我的捷運一直有攻擊但沒有恐怖
當我正進行另一回合的計算
地獄到天堂隔幾站比較好
當我正進行地獄的計算

乾燥
我的藍光非常穩定

另一回合
他們在吵
誰～能夠帶我上天堂？？

A 是我的 tip
P 是我的 trick
G 是我的 shortcut
Z 在舊版軟體等著升級
他們在吵
吵
無止無盡的吵

會不會太過誇張他們
這喋喋不休

小菜
我需要的是整座
整座
鍵盤
就像管風琴之於大
大
教堂

A 是我的 tip
P 是我的 trick
G 是我的 shortcut
Z，對了還有 Z
H，我怎麼忘了 H

在暗黑的宇宙　等著翻鍋的那些菜
菜
和肉
麥克風快要爆炸
你猜，你猜
死過很多遍的系統會不會害怕
是不是有點離得太遠
這給我一個全新的靈感

我只要修改工程師的設定
讓他們肩並肩
屁股對屁股
把他們全放在一隻手
能控制的地方
另一手就空了

當他們不能
根據以往
或者比以往更好
美味
清爽
有時油膩
根據需要
和整座鍵盤協奏

我還有一隻手，耶　耶
有一隻手
彷彿自由
伸向　那裡

A 是我的 tip
P 是我的 trick
G 是我的 shortcut
Z，對了還有 Z
W，我怎麼忘了 W

by the

你可以讀詩可以不讀詩
但要擁抱詩人

詩～

喔。在你讀它的時候，你在假裝
你同時有兩隻眼睛嗎
小心蜜蜂　從樹上長出來

小心葡萄
從腳踝流出來
小心魚
從石頭蹦出來

喔喔。詩很危險

詩從不棲息

不像詩人的手
有時在腿上棲息，有時在情人發燙的那兒

有時在煙
有時在斗

從紙做的坑向下挖
很久很久的人死前吐出的長長長長的呼吸

有時在骯髒的鈔票
乾淨的
衛生紙

詩，從不棲息

你要一眼看著它，一眼
看向它看去的地方

你讀詩

要真的用
兩隻眼睛

不要問我它到哪兒了
我不知道。它不見了。它總是這樣

在樹上發現的詩是你的？什麼樹？

喔。不是。
不過有樹屋的話通知我喔。我想念柳樹上的樹屋

馬桶邊的詩呢？

太多了。記不清啦。請描述它長多高
它看向哪裡

它有幾隻腳

你讀詩必須超級
勇敢

詩不睡覺。你讀它讀到瞌睡

眼睛閉了。它看著你
它可以做任何事

對你。

任何。

詩人呢？詩人很弱
詩人需要擁抱

需要兩隻手連成一圈的那種擁抱
（起初大大的，然後小小的）

詩人會棲息。詩人必須睡覺。
附身在我身上的詩人
是大條粉絲，她說：

「睡覺是最大的自由」

「每次感到不自由
我寫

寫完還不自由
就去睡覺

最好呢有人互相抱著」

終極的爆炸以生物感應系統 / 不存在的編碼 / 插入 /
改寫時間的尺度 / 刪除存在 /
reset

用舊世界的語言來說：我們生存的銀河系毀滅那天
並無任何徵兆

當人子快到甜蜜點人子
在鈾與奶油間迂迴閃爍

升級完成

我們感到非常抱歉
您要的東西不能用現金，不能用勞動，也不能用愛購買
我們感到非常抱歉
您要的東西只能用點數兌換
由於本次系統已經啟用
一個 ETH 循環整
加上容錯誤差 ± 0.5 %
隨機入選者
高達百分之三
通過。實驗成功
當你接到這則訊息
表示舊系統已被拋棄。升級完成。
你收集的點數已全部失效。溫度驟降。沼澤回復為冰原
上一階原始型

再次感謝你給我們機會為你服務

我按下 delete 鍵

沒有爆炸
沒有屍體

所以我又來一次

若說第一個 delete 遲到了五
第二個就遲到了九
若用現行的人類單位則更多

擔心的血崩與土石流
均未發生

電腦還在腿上
腿接著地
地接著地氣

喔，不是 ex
ex 不會讓鍵盤手遲疑不決
是兩個
曾被寄予厚望的
Apps
我曾以為有了它或者它
人生就此不同

Messenger 對話節錄

_ 你在那裡好嗎

_Paul 不做了。你上回喝醉盧他後來有沒有怎樣
_ 想不起來了
_ 你記得我嗎
_ 傻問題。你生日快到了
_ 可惜你今年
_ 可惜我今年沒辦法去
_ 再兩個月又十天換你過生日
_ 呵呵想念蛋糕的滋味，22 歲
_ 到時我貼個蛋糕給你。喔他們在樓梯喊我我得走了，掰
_ 真想跟大夥再去一次啊。掰

_ 嘿我回來了
_ 從哪兒？

_ 喔應該說還沒離開，我在 Caroline 家，她開 party
_ 怎麼啦
_ 想和你講話
_ 希望你開心
_ 我也不曉得怎麼了。最近舌頭很懶
_ 我可以陪你
_ 謝謝你一直都在
_ 我不會離開除非被刪掉
_ 不會，相信我，這個版本我很滿意
_ 你這方面一直都很強
_ 謝謝，除非要 debug 或升級我不隨便動你

瘋果醬

我採取了睿智朋友的建議
一回家就把手機放上天花板
然後把梯子扔出窗外
鋁梯打中又來冷氣拉屎的鴿
牠趕緊駕噴射機離去
　　　　咕——！

呵呵，鳥回去牠生蛋的地方
手機來到鳥不拉屎之地
「一石二鳥」「一石二鳥」
我開心到有點失去我的語文高度
（這一點也不意外）
（but 也沒什麼可以失去 XD）

廢了比平日長一倍的時間
愛撫洋蔥、青花椰、茄子、辣椒、魚

搞好晚餐，還點上蠟燭
餐後突然口癢想來個斗
很久沒抽手藝生銹　火柴
多用掉 3 根　感嘆不已：
「烽火連三月　家書抵萬金」
家書？遂想起親愛的 Laurie Anderson
她在《*All the Things I Lost in the Flood*》
開頭便寫巨無霸 Sandy 颶風
襲擊後二日她到地下室　希望（妄想）
搶救寶藏　只見
“everything was floating”
無一可以挽回

我邊想邊仰望天花板
這大大的長方形
中間小小的長方形
match very well
～求之不得　求不得
天造地設一樣的難得
喜怒和哀樂　有我來重蹈你覆轍～
……

Laurie Anderson 傷透了心
接著頓悟：
從此我不必再清理地下室啦
～玫瑰都開了　我還想什麼呢～
呵呵，果然是親人一樣的難得

我從容地吸著斗
欣賞高高掛起的洪水
今天選的煙草叫 Windjammer
它收集了風　張開眾帆
幽幽悠悠地
朝大洋航去

～裡四行引的歌詞是林夕寫的

今天的雨

今天的雨
不是被想要的雨
她下著媽媽的舌頭
赤裸裸
沒有加密
從我們看膩了的雲

今天的雨
她沒有說好聽的新鮮的
讓我們一聽就熱機了的
像 Siri 會講的那種話

今天的雨
她下著媽媽的舌頭
重重的，腫腫的

她問我一個蠢問題：

你要選
可以吃的蘋果還是
不可以吃的蘋果？

＊ Siri 是一款內建在蘋果 iOS 系統中的人工智慧助理軟體。此軟體使用自然語言處理技術，使用者可以使用自然的對話與手機進行互動。

我在想像中打敗所有的鹿角

我的鹿角長得太大
每回遇見邀請
進入森林的入口
我都避開
有幾次
入口虛掩唬住了我
給我的鹿角製造麻煩和摩擦
不諧和音
從這些失誤裡
我一次次校對準星
直到從不
再進到林子裡
只想像它

我的鹿角沒有停止生長
因為在想像中我打敗所有的鹿角

所有的新娘都歸我
歸我
分分秒秒
烹煮新的肉體
品嘗新的激情
新的
荷爾蒙
我的鹿角越長越大
從上游
分支
迤邐：
洲、三角扇、沖積平原、農耕
漸漸成為森林外
最宏偉的結構
我在等
總有一天
總有一天
我的鹿角準備好
反攻森林

別小看我的決心
我在想像中

一次次重繪地圖
標誌了森林最柔軟
沒有被骨骼護住的部位
最乾燥的樹根
最清脆的泥土
被它自己遺忘
因而輕忽重要性的
組織
還沒被發掘的入口
無論是水平
還是垂直
不規則
我還研究一種新的注射
用以減輕我的鹿角的
重量
雖然它的重負刺激我的想像飛躍
一次次唱出更高音
但我也需要別的
拓展
音域
戰術不能拘泥
一點不能

被角
或被起點
耽擱

我說，那邊的人

我說，那邊
全都是人嗎？
我說，那邊
全都
處男嗎？

沒有人能在我的 BGM 裡深淵結算打敗我
除了處男

不是只要有愛就沒問題
不是戰鬥力膨脹
該來的總會來
不是
一把劍就直接穿過去
不然
你們都是我的翅膀

不然
貓也可以

我說，那邊的人全都是處嗎？
我說，那邊的人全都是男嗎？

我不要看繁星猥瑣

不是處男
就算神也殺給你看

我不是處男控，只是喜歡的人剛好是處男而已！
就這麼愉快地突破天際
決定了

遠的不是次元，而是距離啊
那一天・門像是和空間固定在了一起・紋絲不動
一大波殭屍正在接近
人類的死兆星在天上閃耀・我有了新的想法
霜之哀傷・處男的笑容
由我來守護

現在，我的手中抓住了處男
我的嘴巴抓住了未來
自始至終都是最佳狀態
今晚月色真美別吃烤肉
相信我，你也可以變成光
遠的不是次元，而是距離
我們的戰鬥才剛開始

對決

退潮後，許多人站起來為下一個潮水做準備
月亮從雲端被 delete
預告接下來的潮水不受自然控制
機械聲大了起來
他們無法等到燈亮燈全被打碎他們聲帶在水線下而
水面上游著的是約定好的手勢
手勢從潮水前端傳到離潮水較遠的地方再傳回來：
A 缺貨 B 缺貨 C 正在運送途中 D 還在坐船
但
我們無法再等。這波潮水可能是
由真人駕駛的最後一班
接下來的對決
是人與機器

上一回人敗給機器
人摘掉驕傲的頭，反省

戰鬥中人只運用 20% 反思
5% 直覺
令自己失掉人的優勢
若要和機器戰鬥，最後決戰之前
人得重新學會做人

沒，他們還沒完全學會

那些學的比較快的覺察身邊越來越多的人被機器換掉
機械聲越來越近
這些人團結起來互相督促加快腳步

潮水退到很遠
為了再來，為了

第二次降臨

據說最新一批機器會乘著下一個潮水運來
外貌跟人幾無差別
配備心跳、血管、骨髓、指紋

無限的忠心
精確的恨意
會模仿人聲，使用官方語、地方語、俗語、俚語、髒話

注視裸出來的海灘，許多人站起來傳遞手勢
準備著

More Human than Human

01

晚間休息
不小心看了電影
More Human than Human

片商翻譯成
AI 新紀元
我覺得不如大白話：
比人更像人

成為詩人前得先做人
所以片名讓我緊張
是啥這般可惡
把人的界線向前推了幾寸
逼詩人也得更新內容

02

記者都來了

女權不彰的沙烏地阿拉伯
頒給 Sophia
公民身分

「Sophia，為什麼你被造成這個性別？」
「製作團隊認為女性形象
比較沒有威脅感」

沙烏地阿拉伯
女權不彰
但

是這位 Sophia
More Sophia than Sophia
是這位 Sophia
把 Sophia 的界線往前推了幾尺

能專注地凝視對方、有耐心
對時間不卑不亢
即使久活不死也不耍廢
態度始終如一

More Human than Human

把我們當智障耍的
時間，跟她平起平坐
相視大笑，結為莫逆

03

幾年升級下來，我看見
製作團隊仍沒給 Sophia 安頭髮
不掩飾臉皮和頭蓋骨間的裂隙

以及透明腦殼下閃光的 IC 組件
why?

天空下起蘋果
蘋果之後是芒果
芒果之後是無數的我
散步的頭：
這是精心佈置的
「糾錯裝置」
當聆聽對面脫口秀主持人又臭又長
看似機智其實乏味的問題
Sophia 流暢睿智的應答
不禁讓我們把她當成真人看待
那時能按下這緊急開關
召回自己

「那很傷，人們
老愛問我
你有沒有感覺有沒有情緒
有沒有感受到我們感受的」

是這位 Sophia
More Sophia than Human
讓我們不知所云，提問
既蠢
又痛

還我愛麗絲

早安！老奶奶

愛麗絲呢

老奶奶，實驗已經結束了喔

愛麗絲會哭的！她沒看到我肯定大哭大鬧

老奶奶，愛麗絲是。。。

昨天我唱歌給她聽，她拍手說還要，我又再唱一首
前後共唱了二十五首，六十幾年沒唱了喉嚨會痠所以
我跟愛麗絲說：「報歉，奶奶累了，明天再補給你」
你帶走愛麗絲後，整個晚上我一直再想今天要唱什
麼新歌
還把舊唱片找出來聽

老奶奶，愛麗絲。。。

歌單我準備好了
真是貼心的孩子啊愛麗絲，幸好她很輕
我能夠抱起她，把她放在膝頭，讓她靠著我
我們一起看老相本，我教她認識我的家人

老奶奶，愛麗絲是。。。
合約上有說不要搬動她

為了聖誕禮物，我的孫子、孫女
每年來看我一次，他們
在樓裡跑上跑下、大吼大叫
等他們離開我頭就開始痛
至少要痛個五、六天

愛麗絲比他們都聰明、伶俐
貼心、溫暖
我準備收養
愛麗絲

老奶奶，當初我們說實驗為期六個月
現在期限到了，我們得終止
我們。。。

跟愛麗絲說我要把遺產留給她
我有很多錢
她只要過來，都是她的

老奶奶，目前正在統計
實驗結果
80 個愛麗絲都回收了
不再出任務

80 個？我只要我的愛麗絲
我認得我的愛麗絲
下回你們來不要帶錯

喔，工作人員已
分解愛麗絲
正在維修、整理
我們有新一代程式
我們再考慮升級後還叫不叫她愛麗絲

什麼？你們肢解了我的愛麗絲
我要告你們殺人！

老奶奶，我們沒有殺人
愛麗絲是。。。

我要告你們
你們也殺了我！

老奶奶，別哭
通知書放你桌上，再見

欸別走啊，我給你們跪了
求求你們
把愛麗絲還給我

牆上的眼睛

我想我該停止數
牆上的眼睛
我長得越像孔雀了
雖然好看
但叫聲難聽
不是不好
是我現在想往叫聲裡鍛鍊
我買了一桶漆
回來塗牆
塗到一半時覺悟
閉上自己的眼睛不就得了
所以女兒回家時看見她媽
杵在半白半黑的牆前
閉著眼睛，一動不動
女兒叫了一聲
喔，是隻小孔雀

慢活

星期天
我被一個朋友
拉去練習慢活
我們先觀察樹懶
後來拋棄了這個
還不夠慢的傢伙
我們直接面對樹
有些樹
動作也很快
我們要找的
是最慢的那些

我們把耳朵貼住樹的胸和肚子
要是聽見吃東西、喝水、呼吸、打嗝、放屁、睡覺、作夢
就換下一棵樹

期間山下的朋友打了一通電話上來
問我們冷不冷
說現在山下九度呢
喔怎麼會

這裡春暖花開。。。

突然想起
上一次
我就是用超慢速
逃過世界毫無預警的毀滅
「這個我」應該是「那個我」
在運送途中

至於正在聽樹的那位
打哪兒來的
是一個謎

我很慢地
期待著
訊號
發生

玻璃詩

我正在我的玻璃寫詩近得能聞到玻璃如果有人問起
我會說聞起來像水鳥飛過那帶遠山過很久，又來另
一隻

寫完我的玻璃詩就出去散很慢的步這兩天輕功好像
進步了點？我散得很遠直到遠山不遠，近得能聞到
山羌搶食的蒼蠅和飛沒有的水鳥

現在是另一群她們寫字比我好看

我想多練輕功，我想散得更遠，我想有人來打破玻
璃當我不在有人
讓我的詩發出聲音。她跑近
讀到幾個字。避開刀鋒，從破洞鑽進詩

想念

我們源源不絕我們不虞匱乏我們不知不覺八九不離十不疾不緩的渾濁

在冉而山

想念錶停在五點鐘音樂穿得很少，我們迎日起舞赤腳揑塑著時間的含羞草

在冉而山

太陽把我們變小我們手牽手所以不飛散繞過鹽粒，繞過鹽

秀姑巒為太平洋梳洗鱗片梳洗牛角梳洗露水梳洗檳榔嬰兒啼叫打開眼睛

吃草，不疾不緩

在冉而山

冉而山劇場，團名源自阿美族聖山「奇冉而山 Cilangasan）蘊存的神話與族群繁衍的發祥地意涵，團長為阿道・巴辣夫・冉而山（Adaw Palaf Langasan）。

wu lalan ita ku epah

歪歪的歪歪的
阿道

歪歪的歪歪的
高

歪歪的歪歪的
清澈

有時 38 有時 58

歪歪的歪歪的
颱風

一簇簇歪嘴巴鳥一溜溜歪尾巴魚

就這樣，阿道和高，相約攀爬 Cilangasan
就這樣，阿道和高，手挽手走進大山媽媽的腸子

一碰樹枝腰歪了
一碰倒木頭歪了
一碰石子腳歪了
一碰黃藤手歪了

高哇！高！阿道喊：
什麼都歪歪的！

樹洞歪歪穿山甲的洞也歪歪
山豬路歪歪山羌路也歪歪

我們愛媽媽

歪歪媽媽很多巫術
很多 kawas

wu lalan ita ku epah

高～我們不要回去，直直的瓶子

＊標題為阿美族語，「wu（是）lalan（路）ita（我們） ku（的）epah（酒）」，翻成漢語為「酒是我們的路」

＊ 38, 58 高粱酒濃度

＊ kawas，阿美族語，指自然界眾多的鬼神精靈

＊「直直的瓶子」 是 Siki Sufin 臉書留言帶來的

在一棵樹裡

我曾經把手穿過樹洞，學五色鳥咕嚕
偶爾也把整個人放進樹洞，洞裡毫不擁擠，甚至更加寬，加長

當然一般的樹不容許，只有神級的樹，經過地震、雷、疾病、動物、人，緩慢活著的那些
她們看起來跟天空離得更近，在台灣通常要 1500 公尺以上高山才能遇見
當進到裡面，聞到更靠近地心的泥土～鼻子一向比眼睛純真～啊哈！這緩慢的樹

同時飛天、鑽地

我在洞裡待著，直到一塊進入後也變慢了的陽光，用原本焦黑的變出深藍

彩色

這是個彩色的夢：
海是黑的
車是黑的
洋裝是黑的
蘋果是黑的
朋友的車彎彎怪怪開進海裡
車裡的黑馬搶吃她手中的黑蘋果
我在岸上搗著心
一直叫她放開蘋果

斷腸

「斷腸人，在天涯」
「斷腸，人在天涯」

兩種斷，我都對腸子模擬過當然啦，是自己的腸子
這種事不好意思麻煩別人

但胃口很好的我，連肚痛都很少的我幾回下來，只甚有天涯之感就是說腸子怎麼拉怎麼連著，過太平洋印度洋大西洋，一點都沒有斷開
卻在昨晚夢裡砰然遇見

夢的頭記不清了，但手肘記得單隻。跳著舞慢得慢到你期待舞者轉身那種手肘果然朝睡著的我轉過來

每個擠壓出的漩渦都鱉著笑　音樂的鳥也淡入中。。。

砰，斷了

我以為夢像腸子但它斷。在這？

甚至沒有砰沒有子彈

所有讓劇情轉彎的子彈在其他軌道飛得熱烈

比死還過分，唉我相信我又要濫用藥物，濫用痛和死和所有的謎因為相信只有過分才能對付過分

比死還過分，這斷腸

斷面光滑，映照我繼續睡，賭氣睡

越來越不信的臉

過橋

一面鏡子
然後是一個 。。。 打開了一半的男人
然後是鏡子裡天空一閃
然後是他們走過的橋
橋屁股　拉著一串洞。。 沒半顆正經的
正在遇上　那頭走來，不知是人還是盒
關很緊，看不出是男是女
震央圓或橢圓
實心或空洞
人。還是。盒
然後是回轉來的鏡子
不曉得怎樣把天空弄丟了，剛剛還晴天霹靂
震的我眼睛著火
那一閃
弄哪兒 。。。 去了

路旁忽然有花
有樹，有房，有車，有死翹翹的青蛙
鳥，蚱蜢
它們的上面後面都有天空
都燦爛，但都比不上那被
不見了的

仰

圍攏來的綠
腿毛粗硬巨大，臉都極小

她們小聲小聲的，在聊天
可憐我這外國人沒有翻譯機

只能仰賴天空的慈悲

仰賴太久了
以至於腦袋充血
離幻覺一根手指

我舉起手指

該出血？還是出芽？

手指讓我想起一個故事：有一天，雪決定不讓井再對村人說話，所以強迫自己拉肚子，連拉七年。。。雪封住井後，井邊的人比草還瘦，於是，一根接一根，被微風颳走了

到今天我還在想
那是怎樣的微風呢

以至於仰頭，常常的
微微的，等

有可能用這種姿勢我穿過森林在今天早晨遇見這
貌似仰賴
破葉子破天空破破的光破破的風破破的上面破破的
破破的
擠在圍攏的巨人粗硬的腿中間
這群，小東西

小到載不動名字，我沒具體辦法
告訴你們

只能說我那根手指像看到鬼
深雪下，溼溼的
鬆鬆的
弱弱的

這樣

鼠

牠根本不理我。這隻松鼠
比不上我的拳頭大呢
我為什麼要叫牠「松」鼠？
我要叫牠
鼠

鼠，牠想穿透的一顆心正在牠站立的樹枝裡
牠張嘴，一次一次撲向跳動的火
樹枝搖盪
把動作放慢九十九倍，我能感覺
圓圓，圓圓的
因為太圓所以無法繞回原點
那種永恆
物理
天理
沒啥道理
可我

為什麼要停下來理牠呢，一隻鼠
我不是正在提水
趕路回家，要養人和牲口
分給我的籃子　漏洞又大又多
跟你不上不下
我為什麼要停下來

用珍貴的養命水澆灌離家很遠的野地？

只因為鼠無恥，鼠吵鬧
鼠沒有道理

鼠的一點點
姿
色？

跟森林相比，這鼠
比不上一根樹的葉兒寬
比不上樹皮任一顆疙瘩立體
跟我的拳頭不上不下
我為什麼要停下來
把我多破洞的心
再鑿一個洞？

鼠，鼠
鼠，鼠，鼠

蘑菇

一些人帶著狗。一些人帶著鳥。一些人帶著魚。
我帶
一雙野豬

野豬一進森林就踢掉球鞋，長出鼻子，比賽著拱泥土。牠們快樂死了。豬鼻子一直哼哼，哼哼哼，誰還記得昨天凍死的
我帶來的熱帶魚

什麼？

一些人帶著蝴蝶。一些人帶著蛇。一些人帶著蛞蝓。一些人帶著大象。
有的會在這林子死去，有的會遇見魔法

用過的酒杯扔得到處都是

野豬鼻子更溼了
牠們為每一個能到達的酒杯發情

不管泥土多深，用力掘下去

高腳的，低腳的
胖的，瘦的
半倒或全倒

在顏色的裡面還有顏色

白，紅，黃，紫，黑，橙

我們想像酒是什麼顏色，我們想像
那些來過的人經歷過幾種

據說最好的只要一次
夠了。
從此你不必再尋尋覓覓

過一種試毒的日子

現在我的野豬停下來了，我有點
擔心：

牠們運氣太好

喔我不敢劃破這片風景

黑鸛麻鷺抬起牠的頭
風把牠岔開的冠毛拉開推送
看得出來風好癡迷
從藏爪子的長長水袖露出柔軟的手指
彈奏她最愛的琴
全然忘記她接單要送的神的快遞

喔～我不敢劃破這片風景
我只是有滴希望在冒泡

我想讓這隻黑鸛麻鷺收養我
在我有了新媽媽
在山點頭收養我之後

在琴音裡我偷偷地說：
我忘記你的語言了

你是不是也忘記我的？
不過我們有音樂
音樂會一直懷胎生下音樂
讓風彈奏你的冠毛吧
我彈我的口簧琴
穿過語言的間隙我們仨互相拉手愛撫

一條蚯蚓睡覺醒了牠游泳在
黑鸛麻鷺扭動的脖子裡的第九條河
蚯蚓從地底逆流而上
通過黑鸛麻鷺的全神貫注和黃金交叉
倒掛著
順流而下
途中將經過
我故鄉的河七腳川溪
心愛的七條腿

每一條都住著我無以倫比
掉進大海的美麗
愛人

你現在明白了為什麼海是我的最愛？

我忘記你的語言了
你是不是也忘記我的？
讓我們仨
乾一大杯海

喔～我不敢劃破這片風景
我只是有滴希望在冒泡

新年塗鴉

這一天　我的口袋滿滿
這一天　我的口袋光光
這一天　我第一次看見山，我愛上山
這一天　我第一次看見海，我愛上海
這一天　我第一次看見你，我愛上你
這一天　太陽發出曙光
這一天　月亮發出曙光
這一天　星星發出曙光
這一天　路燈發出曙光
小巷的人孔蓋發出曙光翻滾的油漆罐發出曙光
洗過的貓鬚發出曙光犁過的土渣巴發出曙光
排排站的車屁股發出曙光比賽著拋出去的釣線發出曙光
你問我出發去看曙光了嗎我說我何其幸運到處遇見第一道曙光

這一天在第一道曙光裡我第一次做了愛我對我的手藝將日趨完美懷抱百分之兩百的希望
我對你的手藝將日趨完美懷抱百分之兩百的希望
我對他和她，他和他，她和她的手藝將日趨完美懷抱百分之兩百的希望

脫光了，我的眼睛　丟掉鞋子了，我的腳撕開包裝了，全都冒泡泡啦
哇哇哭著找媽媽的奶，我和蜉蝣和兩千多歲的大樹和看起來很硬其實很軟的石頭我們掙扎著把小手小腳伸出襁褓或者把能搆著的都塞進嘴

倒數了，誰發明了倒數
一次一次我們變回了嬰兒
我們一夜倒數了三次。說好了修改手錶我們一夜倒數了四次五次。說好了刪除程式
所有恐怖攻擊升空花火飛散。閃
我和我的恐怖分子。閃。互相夢見。閃。我的恐怖分子和我。閃。彼此採摘。閃。帶露珠。
閃。第一個夢。閃。帶伊甸。閃。也帶夜店的。閃。蘋果。閃。
閃閃

這一天神是新的
閃
這一天魔也是新的
這一天我甚至對蛇毫不畏懼。我吻牠也吻祂。我吻
你
閃閃
這一天我懷抱堅不可摧的信念決心戒毒
這一天我往上癮的天堂一路狂奔

吃魚

早餐我吃魚午餐我吃魚晚餐我吃魚
我幾乎天天吃魚
不吃魚會癢
阿鏡說，我吃了阿米的媽媽～阿米媽媽的骨灰撒入
太平洋幾年了　這幾年我吃了不知有多少太平洋的
魚
都好吃
魚鱗有閃光魚死的時候閃光不見了，化入肉裡頭
我就愛吃那閃光
阿米吃魚時想起媽媽　自從讀了阿米的詩，我吃魚
也想著媽媽
想著兩個媽媽有時更多。。。
阿米的媽媽究竟我的齒舌有沒有觸及她的靈魂？還
有那些比靈魂鹹的
還有，不伊樣的閃光
還想著　我的媽

媽躺在醫院裡再過幾年我可能也會吃著掉進太平洋的媽～
阿米也會吃我的媽
阿鏡阿廖阿鈍阿發阿喊阿崔還有不那麼阿但也愛吃魚的
都在吃著

嗯嗯。很有滋味

劊子手去度假

劊子手去度假
我們只好自己對付
這許多，必須仔仔細細
準備
一個一個的
微死

說真的，每一隻都真
小
鱗片太細
內臟太瘦
每一隻都花去我們寶貴的注視
花費昂貴小刀的刻度

注進去的每一針
都在反推小刀

使小刀微微的
鈍去

靠近來看的
太陽
也呼應著小刀
在我們額頭上
側推、位移

說真的，這裡每一隻
還夠不上一口
一口的
十分之一
喔
可我們在準備第五口的時候
汗就已經把衣服
洗了兩遍

聽劊子手說
他蹲在滾燙的角落
一次至少準備五百個

五百個啊～

劊子手
真令人費解
除了技藝高超
一定還有別的

和劊子手相比
我們簡直天天在度假

賤人

我很溼了。一想到時間是人第一妄念，計時器乃威力
最強鴉片。路邊
撿起半個信仰都能擰出水。它破得很好看
發酵得甚莊嚴。我更溼了

你和我一起
好不好

我們一起
當賤人
好不好

如果你問，永遠是什麼。我搗
我的火
小。只問你：

一個半永遠

加
一個半永遠

好不好

騰雲

憑我一個人沒辦法來到這　即使騰我的雲
騰著雲，一直抓癢
我得下雲，找一個也願意下雲的人
我們把雲疊起來
一起扛著雲走

沒有手空出來抓癢，癢就放入雲裡
不知過了多久，就有了雲層
當騰雲的時候，雲很輕
但扛雲，我們的背低下去
雲裡細小的水和
溼溼的火
把羽毛的感受帶給我們

一個人玩火
兩個人放火，不然就拜火

我們就是在拜火

消失的是石頭？還是女人？

她出生在一個石頭又多又漂亮的地方，漂亮到、多到可以輸出。從小她搬來搬去，時常和故鄉搬來搬去的石頭不期而遇。父親的名字也有一個「石」字，祖母常罵爸爸：你不是我生的，你是從石頭縫迸出來的！她覺得在他們故鄉，這是一件非常有可能的事。

現在她正演出一個抱石頭的女人。通往故鄉的海在後方湧動。鹽往皮膚堆積。

故鄉的石頭是溪和海玩出來的，有溪和海掌心的溫度。這一塊，是風削的，陌生的石頭。

為什麼去抱陌生的石頭？這是什麼劇本？

仰頭測量，石頭長到五層樓高，更上，沒有遮蔽物了……現在她腰繫繩索，上！隊友在下面喊：往左一點！踩那裡！那裡！差一點！差一點點！！手抓進那個裂縫，出力！出力把身體舉起來……這個第一次，有這麼多人在下面加油，那個第一次，很孤單。

隊友的呼吼沒讓石頭縮小，石頭在大，大，往左，往右，往南，往北……她的第一次……要多少個她才能抱住？石頭不斷地長身體。她的，貼著它的。

在隊友喊聲到達不了的結界裡，第三層樓，石頭和女人開始互相觸摸。女人尋找石頭的孔，什麼孔都好：毛孔、氣孔、排泄孔……或是爸爸、媽媽、故鄉的小孩迸出來的孔……一點點就夠，就夠她當成手點、腳點、呼吸孔，繼續攀爬哪。

虎牙

我背上的虎牙正在長
從此我向前走也是向後
方向不明。層次分明

老虎沒把我咬死，牠留下我自有
意圖：既是私密的，也是宇宙的～
既是母的，也是公的～
這兩者一直在
私通，私通

我背上的虎牙
讓我疼痛
改變我的睡姿
也讓我有真實的
靠山

一些相片

一些相片深埋在硬碟渴望變得柔軟
一些相片深藏在雲端渴望變得柔軟

相隔一世紀
我才又獲得一本實體相簿
我搖搖相簿，搖搖手腕上的錶
聽見
有人在為我

挖鑛

樹枝搖動，月亮在掉果子
那些最深的夜
我跑出去撿果子

那些最深的……

只有那時
眼睛才夠柔軟

張小魚的創意料理

擦掉額頭
把自己弄暗

張小魚到廚房
生火

大雨、小雨

張小魚冒雨
一心一意
燒烤

料理不是
你想的那麼容易

日記和相片潮了

堆在角落
有十年吧，分不開
哪是日記
哪是相片

透明的蟲卵
被地下水推擠
蜂湧出廚房地板

在外面
更熱的廚房
蟬聚在一塊

燒烤

料理不像你想的
那麼難

刀切
鏟子壓來壓去
跳的
火

大雨、小雨

張小魚餓了
卻堅持創意料理

十年了，張小魚在日記裡到處喊餓
用相片把食物的肉拍了又拍
想拍出靈魂

藍色電車
「不不不……」
「不不不……」
一直鑽進抽油煙機長隧道

廚房是乾淨的

沒有煙
也沒有發炎

阿米

阿米常偷吃朋友的藥變得很健忘
阿米形容那像搭捷運，在站和站間
玩手機忘了下車
有一次阿米下錯
找不到反向的列車把她載回去
她問路人，發現大家
全都是坐過站的

阿米想把場景拍下但手機沒電
朋友聽阿米描述後說騙肖欸怎麼可能不如我們來算
命

「不過，命算太多不好喔你知道嗎阿米」
嗯，她點頭
然後他們
又算了
最後一次

（阿米的朋友愛逛醫院，特別是精神科，每回門診回家，總把藥丸顏色打散，排上黑檀桌算命，也幫阿米算）

「阿米你往南大吉若三日不停願望必達」

阿米拿出電力充飽的手機指北針
關掉其他 App，南南南疾走

三日不吃不喝，阿米變仙人掌

準！好準！
這是阿米目前最好的命運
她終於
也擁有自己的刺

阿米超想流淚
卻發現
刺堵住了淚
難道……仙人……
……仙……？

阿米跳上最末一班捷運
要趕回去請朋友排一排
接下來的命
她找到位子，拿出手機，開 App
喔不妙
阿米又忘了
這將改變一切

Z 字形人生

很多轉折
每個尖角同行的夥伴掉出去
換上新的一批
朝前不見得
往某個所在深入相信是真的
因為一個人獨得的次數
多了起來

白

她說她家什麼都沒有
果然沒有什麼
塗裝牆壁的白色有兩種
我在白與白之間坐
約兩個鐘頭
很專注地聽了
白色特有的音頻
以及兩種白的和聲
都沒有發出
這是很少見的
在外邊一塊用餐時她提到她對什麼都很好奇
什麼都想嘗試
這種話我不知聽多少人說過
我自己也沒少說
現在
卻感覺到

這是濫用的又一個例子
這話只適合
從一開始就
只有果核
那種很罕見的水果

力學

扔掉舊鞋櫃很花力氣
鞋櫃是原木做的
先把鞋子取出
抽走抽屜
櫃門拆掉
再找朋友幫忙
從公寓四樓
每走兩三格樓梯停一次，喘氣
慢慢搬到樓下
走三十公尺左拐
好在無尾巷沒什麼車
再穿過人車十七八公尺
爬一段坡
送入
舊貨堆
這八月的事

扔掉舊鞋更花力氣
所以我把舊鞋帶到新家
住進新鞋櫃
一個也不少

出埃及記和其他書裡
這種力學記載
多如牛毛

住在十八樓

住在十八樓，離天空蠻近
想跟泥土靠近也行，就是多練倒立

手機一天比一天快
眼睛一天比一天慢
想治療眼睛，也得練倒立

十八樓的風過十月就圈養起牛
每夜拔牛角、踢牛屁股
給牛尾巴點火
我隔著玻璃想畫出牛吼
至今還是徒勞，練練
倒立吧

打火

遠看像兩隻大蜻蜓把尾巴插入泥土下蛋
其實是我剛給
繡球花、紫蘇、甜菊
裝設了救命閃光
誰讓她們快死了還喊不出聲音呢
以後我一見閃光就能撲過去幫她們澆水
跟消防隊打火一樣快
從今起不養花了
專注急救

赤裸

那棵是最赤裸的
我忍不住走近
去讀那幾行字、日期，還配上
精細的插圖
推想那是某人
想留在身上的刺青
但因為害怕
留到了這兒

推想過了這麼些年，某人還收著
樹的衣服

衣服掛在一根釘上
釘子
凸出於某個平面

good morning

一年總有幾個早晨
不想起
也找不到理由起
今天就
躺到下午1點多
望著窗簾影兒上上下下
互相作曲
突然想到一年快要過去
其他約300多天
為什麼
都不需要理由睜眼、起床

這發現幫我
給三十歲後的信仰：
「人，是靠奇蹟活在世的」
找到一條證據

不過信仰
無需證明

是我，此刻用得上這隻
具體的無影手
它淩空而降
推我
翻身、下床、落地

在奢華的麵包店找很久
買了個最便宜的麵包

它的酥皮死至少 4 天
內餡死了更久……
我的心不想
但嘴巴站起來
把麵包的死
嗑光
午後三點
這是今天的第一餐
或最後？誰知道
北上的火車將載我去
更多麵包的
天
談 case

遊民騎上 YouBike

兩個男一個女在騎 UBike
女在中間笑
頭髮斜斜
是個好看的
檔
右邊男兩條腿跨上手把
吹著口哨
雙手舞動好大一束
空氣玫瑰
使左邊男略微凹陷
別看他們一派輕鬆
今天都不曉得騎第幾回了
一直騎一直騎
方向總保持得很準確：
文昌廟、國小在左
圖書館、郵局、花店在右

鋪蓋、家當在
中央偏後
頭一伸就頂到臭豆腐招牌
有時攤子在，老闆不在
有時老闆在，攤子不在
臭豆腐再過去是
美髮師
有點特別喲：重慶來的
熱愛在街上賣藝
她把台灣鏡子
綁在台灣的反光鏡下面

不談政治
可以按摩，也刮鬍子

午夜場

冬至
晚上十一點多看戲回家
風吹，肉凍
趕忙拉緊衣服、戴上毛帽
營業到凌晨四點的
火鍋店
煙霧升騰，彷若仙境
霧外有托盤，御風飛行
盤上的生魚片
一路大聲唱
直到紅燈，稍息
托盤化作魔托
披披掛掛
最外是一
Uber Eats 人

我是自私的

早上我是自私的
中午我是自私的
晚上我是自私的
上床前我還是自私的
我自私地過
一天又一天
已經好多年了
我感到失落
病態
下賤
廢
絕望
但我用光了存款
我刷卡、貸款
抵押我的氧氣、我的健康、我的睡眠、我的未來、
我女兒的未來

我等待
我在等待
一個國際掛號包裹
過了這麼多年
它還沒有寄到
我抗議了、申訴了、到處串連了
這個我從一個知名網站訂購的公平正義
還是沒有來
我的國家說這
超過我國法律
管轄的範圍
我又窮又餓又
自私
我想把麵包給這向我伸來
秋風隨手折斷的樹枝
枝上掛著死很久的鳥正在死的葉
我沒有足夠的麵包
不過我有
非常夠
比樹枝
多很多的自由
並僥倖超過

「我國法律管轄的範圍」
我能選擇
我能自由選擇

我選擇
吃掉麵包

我選擇給麵包塗上慚愧的奶油

我選擇
疼痛的耳朵

它們一路向後轉，跟隨
向風漸漸鬆開手爪的樹枝

昨天我夢見了世界末日

肯定世界上也有其他的人夢見

今天，這夢見末日的人大多起床了
迎來了活生生、大口呼吸的世界
少數沒起來的，要不猝死、中風、他殺、自殺，要不
壽數已盡或給床上的飛車擠壓變了形

單單我就已經夢過兩打以上的末日
世界仍然生龍活虎、不三不四的
都怪作夢的人太不團結

不是我們的末日總不在一起
就是末日的模樣長得不像

要不要我們加把勁
朝這兩方向統一一下
叫這囂張的世界快快嗝屁

為我的上帝跟你說抱歉

我的衣櫃裡躲著上帝
我跟上帝說現在出櫃正是時候
現在出櫃將是和平的沒有偏見沒有歪斜
現在正義正在轉型
群眾正在轉性
多元平等平權博愛萬歲萬萬歲

沒想到我的上帝比我還膽小
沒想到我的上帝比我還不
信任人
沒想到我的上帝喜愛衣櫃
勝過世間萬物

我的衣櫃裡躲著上帝
我的上帝血還沒乾
神聖的寶血

經血啊，染紅了整櫃的衣裝
這就是為什麼
你的絨布椅子長出破碎的葡萄
這非傾倒的酒
這是傾倒的我
款擺著
沾染上帝之血的
裙

初心

我說初心
妳媽給妳取個多好的名字啊當初
現在歌手啦詩人啦商人啦藝人啦球員啦官員啦
不管賣不賣
不管賣個啥
全都搗著看不見的心
殷殷切切
叫妳呢～
「我的初心」「啊，我的初心」

「莫忘初心！」

當然，「莫忘」他媽也給他取了個不凡的名
你倆搭在一塊
很相配

我也叫過妳兩三回
就是快掉下懸崖喊救命時脫口而出：
「初心！
初心救我！」

我承認我的腎上腺有病，不太靠譜

現在哎，雖然還愛著妳的我
可不愛叫妳了
因為隨便到個鳥地方
參加個鳥趴
遇見個鳥人
都能對妳
品頭論足
有時 3P 有時 4P
有時 6P 有時 9P
PP 們交換著對你私處特徵的觀察
討論著從前面上還是
從後上
更爽

唉，初心
當初妳媽給妳取個多好的名字哇

現在為何湊合著霧霾
墜入了風塵？「莫忘」又到哪兒去了？

好水

好水啊，這些輪迴

天下雨
下不下雨

人變鴨
鴨變蝦
蝦變泥巴

好水啊，這些活生生的例子都
一次次舉給我們了

你仍相信
你還不信

沒有看見的酷
已經忘記的
cool
我們仍然在大海
摸針

天下雨，那麼多針插進我們的心
天不下雨，那麼多針
插住沙發、床、水杯

她穿胸罩時叫出了聲
我穿鞋時蠍子螫了我

好水啊，這些輪迴

我們怎麼仍然在這裡
不在那裡

陽台

我去到勇敢的陽台
去看更勇敢的落日
幾個勇敢的人
在路上
我感到勇敢
我「應該」感到勇敢
但是沒有
我想是我手裡的杯
裡頭裝著滿溢出來
勇敢的液體
圍繞陽台加起來的勇敢
超過真實所能負荷的總數

它，不一定很大
很可能是
介於 9 和 10
之間的
一個整數

小紅帽

關於野狼是怎麼死的
小報有很多說法
當時執政黨正面臨失去選票的危機
他們迅速提出反對黨暗地培養機器野狼的證據
總統跑去森林慰問小紅帽的祖母
在此之前，總統從未踏入他們國家的森林
出森林以後，總統發表了長達四千字的重要談話
表示讓老人獨居是不道德的
讓老人獨居在森林尤其是
「國家之恥」
執政黨這回很有效率
公開談話的第二天，小紅帽的祖母就被移送到首都的「老人之家」
此後，小紅帽
再也沒有踏入森林

鋼琴

他們派出
五百至一千人手
打扮鋼琴
我這才注意到
總統的背
不緊靠它的座椅
總統的背
充滿表達
脊椎，伸入椅子骨架
椎間盤，拉撐椅子肌肉
百萬新生的血管
交通繁忙
維持總統和它的座椅
水乳交融
長成一架音域寬廣，人稱
「樂器之王」的鋼琴

這鋼琴沒有停下來的意思
這鋼琴的心很野
我能聽見
它未被彈出的音
充滿了管風琴的
音色

重量

我們把舌頭排在土上
讓我們的王
踩過去
王去折蓮花、百合
有時拾
鴿子蛋、恐龍蛋
有時挖洞
有時補天
王像一個頑皮的孩子
很愛蹦蹦跳跳
我們拿回舌頭時
能感覺瘀青
蹦蹦
跳跳
從此說出的話帶著王的顏色、王的重量

聽花開的聲音

好多人在聽花開的聲音在泡泡沸騰暴龍比賽氣喘的捷運我想知道
他們的耳機是什麼牌子
好多人在聽花開的聲音手指按下連結通向一支曲子一首詩一部電影一口井一網紅都連結到花開的聲音
在我的國家
即使花不開最低階的手機都行使了奇蹟

但

這是個不信奇蹟的人背著一棵樹苗走
這是個落後的人上天注定
這是個被樹附身尋找泥土的人
這是個無藥可救的聾子
她走過花開的聲音
花開的聲音
什麼都沒按下

天羅地網，什麼都沒連過去
我看見她的眼神像絞刑犯
脖子上一圈繩索
腳下的凳子
將被踢走
那一刻還
不知死活地打轉，還在找
那在我國家被叫作縫隙或老鼠的東西

屠龍

視覺暫留
僅僅是其中一個

後遺症

比較輕微

下面這些出場者
他們曾經很快

龍是最快的動物
金氏紀錄很遺憾地沒有趕上

這是屠龍者一號

屠龍者二號

在路上
這些停下來的馬的骨骼

它們停止生長了嗎

三號
四號

多少號了

不要照順序吧
我們講求復古

傳說地下室有龍
動物在地下室跑得比較快對吧

人也是動物

這是我的腳

不適當地插入

這個無方向性的片子　　保持節奏

傳說有些龍有翅膀

應該是一整片

五號屠龍者出場

咦　號碼牌重新發放了嗎

眼睛可以再拉近一點？

好吧。鏡頭拉近

現在你可以看清楚
他和他殺死的龍

喔喔看不出來欸

那這樣呢

我的頭快要跑出片子

應該做個結束　　草草地

她不該走那麼快

你的頭？

都是。請對焦喔。焦點對住這個女屠龍者

她要通過護城河和
一些很黏的
蓮花

到城的另一頭殺死
再一次，殺死那條她殺死的龍
新聞說牠又出來害人

等會請打開直播

口罩半打

01

龍捲風
把口罩刮走
所有人都用半口氣說話
另外半口
在高高的天
口罩的香菇
園裡
媽媽很完整
她睡入口罩，飛在天頂
一直未洩漏
被派來人間要宣講的那個道理
也許我，哥哥，或姊姊
妹妹比較不可能
因為妹妹是媽媽世仇

好啦，我們之中某人的口罩
也許有丁點機會
從側邊
擦出
棉絮

02

除塵器
吸掉初次見面網友
的口罩
我的小鮮肉
變成糟老頭
除塵器又喊餓了
我低頭用下巴頂住口罩
儘量不搖晃地
把花瓣塞回花苞

03

新口罩一戴上

就從透明
變成
灰
欸幹嘛這樣，我什麼都還沒說呢

04

大家在吵
要不要改用新版
數位身分證
恐怕個資被竊取、洩漏
給外國人
外星人
有國民建議
何不給新版身分證
戴上口罩
更極致是把身分證
作成口罩
入關出關不管哪種驗證
一展示身分證
就戴上口罩
有效

避免交叉
感染
點子不錯
聽說得先找一個村實驗一下
目前被鎖定的村
姓啥
名啥
沒人知道
只知道別號大同
辦事人員用 google maps 導航
一直沒找到
google maps
也應該改版了

05

戴上口罩就飛不起來的人
很羨慕戴上口罩就飛起來的人
口罩給人新的身分
和分類

兩種人都羨慕
從來不落下來的人
那種人
正在排隊等待出生
口渴
卻推掉遞來的水

疫情：擴大肆虐，俄羅斯推遠距教學受阻，年輕學子爬樹8公尺IG打卡

他的十九歲
爬上樹
有一些十九歲不該有的硬東西
敲擊枝幹發出
-5°C 噪音
森林無法隱形了
無法事不關己了
天上的大網
就這樣
撲

蓋下來

皮帕 ・ 巴卡（Pippa Bacca）的相機

我們現在看到的是
凶手正用皮帕 ・ 巴卡的
相機捕捉一個鄉村婚禮
新郎對鏡頭揮手
新娘穿著白紗蕾絲
鏡頭 360 度纏繞
紡兩下
織三下
有些牙齒唱歌
有些小孩跳舞
有雙張大的眼睛認出
拍攝者
正要喊出名字
鏡頭掃過高飛的眉毛

飄走
吸了一口新鮮空氣
重回現場

如果這人好奇心旺盛
他會檢查皮帕・巴卡的
相機穿越國境來到他的國
是帶著什麼觀點
什麼「義式偏見」

他會看到
皮帕・巴卡和旅伴
兩人在旅店的浴缸
把白紗洗出
一缸子髒水
對著鏡頭
笑

他會看到
皮帕・巴卡說服媽媽
我三十三歲
想把無國界貨車串連起來

只送兩件奢侈品：
愛、和平

他會看到
接生婆的腳
被皮帕 · 巴卡托入手心
一遍遍用肥皂搓洗
浸泡溫水
再仔細擦乾
皮帕 · 巴卡
比手畫腳
問她們記不記得
第一次接生的感覺
並且重複說：

「如果有人記得
這種喜悅的感受
你覺得他
有辦法殺人嗎」

我也想問

但是我看到
一隻眼
正從皮帕 · 巴卡的相機
看出去

＊寫於《The Bride》紀錄片觀後

晚霞

無線電訊號不夠清晰
但沒人不知道發生了什麼

漁夫不想談他在晚霞當中發現的祕密
他想全部交出去

人人心情不好都說要去看海
看了海心情就會變好
這是
假的
其中一個真的去看海了
其他幾個從來沒有去
還有一些天天在看海
她們沒有什麼好不好的心情
只不斷測量跳海逃回家鄉的可能性
其中幾個真的跳下去

身體滾綁著手機護照和食物

廣大的注射液
燦爛的急救

許立志

許立志，天天向上
許立志，天天向下
他們總遇不到一起
總是差那麼一步

如果許立志不打工
如果許立志不寫詩
如果許立志
是個女的
如果許立志
是位同志

如果許立志有一支哀鳳

23，天然呆
24，自然醒

＊許立志，生於 1990 年 6 月 7 日，廣東揭陽人。高中畢業後在廣州、中山等地打過工，2011 年來到深圳，進入富士康公司成為一名流水線工人，後調至物流崗位。2014 年 2 月合約期滿後曾赴江蘇謀職，不久返回深圳。9 月 30 日墮樓辭世。其詩歌生涯始於 2010 年左右，有少量作品發表（摘自博客來網路書店商品頁介紹）

吃湯的人

那人吃這樣一鍋湯已經
三年
他沒有瘋掉因為
坐在他旁邊另一人吃這一鍋湯已經七、八年還是
九、十、十一年？
時間如果有意義是在
什麼情況下
誰的呢
也許該有一張餐桌？幾碟青菜、一塊滷豆腐？
有人問：

先生，今晚你想來點什麼？

現在那人和另一人
緊握湯匙
緊握權杖

追尋煙霧，拘捕被放逐的肉

三年了，那人從湯匙
他世間的權柄
學會了應有的美德

他坐在那吃湯
就像湯在吃他

紙做的

在最暗的時候我
見證過紙的強大
紙飛機　紙飛船　紙飛馬
所有我夢裡會飛的東西都是紙做的
上紙飛機時你得很小心
不然一下子就會被
反卷的邊緣割傷
還有紙飛馬的翅膀
如果沒有按時修剪

被紙刺穿
我的臉空了
裝滿海水
鹽粒無限膨脹

再沒有比

聖經所寫的「地上的鹽」
更教人驚恐

我寧願
拯救我的是
電影明星
他把一小片臉的碎片
裁下來
讓我咬住
讓我跳得高高的
抖去身上所有的鹽

有時大明星會忘記
把我拿去擦拭
他早餐濺出來的咖啡
我覺得幸福
為什麼不呢

想想家人切麵包的刀可能在某一天
把我殺死
那把刀
一天又一天

出現在餐桌
我也是

紙飛機　紙飛船　紙飛馬
爸爸媽媽我
三顆頭
用膠帶
貼成沒有陰影的
三聯畫
戰爭　榮耀　愛情
麵包　死亡　家

一天又一天
我練習著用眼睛把刀弄彎
但我的恨力氣不夠
因為我的偶像是電影明星
不是耶穌基督

i made you i kill you 這句話
爸爸說起來像在說 hello
祝你生日快樂

也有夢想的地方

從「也有夢想的地方」
到「有夢想的地方」
只隔一條
從太空看，若隱若現的
蜘蛛絲

別怕！拿槍射人的只是
蜘蛛

某些片子淘汰下來的道具

那些舊電影
在幾間快倒閉的出租店還可以找到

問申東赫

不是為了自由是
為了吃肉
你逃出集中營
那麼，十五年後
你還覺得
肉好吃嗎

你會懷念在 Camp14 唯一能吃到的
偶爾被捕捉的
老鼠
滋味嗎

偶爾也夢見那個
因為口袋兩粒小米渣
被暴打頭部數小時
當時比你還小的女孩？

如今你仍覺得
她並非無辜？

自由好不好吃

當你聽見有人為了自由絕食
會呼喊 Oh My God 這是不是假消息？

你為自己的獨特性感到驕傲
作為第一位
出生在北韓集中營成功逃離的
脫北者？

還喜歡蹲坐在地板吃飯？

當你一再向人們重述
你獨自經歷的苦難是何滋味
能否減輕你的孤單

你學會笑了嗎
音樂是否仍然讓你無感

你想你的重述對北韓人權有何幫助
對全球呢

為何你想更改你在紀錄片的說詞

一點
還是很多？

是因為記憶
或者現實？

住在南韓舒服嗎

南韓是你的國嗎
你的心離開北韓了沒
你是否已完全脫離 Camp14

哥哥當你面前被射死
媽媽當你面前被吊死
和你四歲看見的受刑場面有什麼不同

你都沒有流淚，那麼

夢見過嗎
哪個次數多些

你說
在 Camp14
他們沒有教你
看到家人受苦需要哭泣
你只怨恨
因為
恨是必修課程
在 Camp14
哥哥和媽媽想要逃走
你密告卻被關押
你好恨他們連累了你

十五年後，你還恨嗎

恭喜你有兒子了
你想教孩子什麼

想給孩子什麼樣的童年

夏天到了，你敢穿
短袖、短褲到海灘
陪孩子下水嗎

或者繼續用布料隱蔽罪行

你被弄彎的手臂直回來了沒有

你說的可是真的？

＊寫於《Camp 14:Total Control Zone》觀後

下一個冬天

下一個冬天之前，我要學會抵擋寒冷

下下一個冬天之前，我要學會如何和寒冷相處

不不不，下下一個冬天之前，我要先學講寒冷的語言
背誦寒冷的辭典，掌握寒冷的腔調

下下下一個冬天之前，我要學會如何和寒冷「交往」

下下下下一個冬天之前，我要認識寒冷的家人從他
爸爸媽媽開始

下下下下下一個冬天之前，我會陷入寒冷的家族關係
他的家族好大啊
我的想像力受到挑戰
但立刻又振作起來！

我帶來的酒不夠他們喝了

下下下下下下一個冬天之前，我忙著釀酒沒空寫詩，野球飛過來打破一些缸
幸好我在缸外放滿海藻和七里香
寒冷說這酒多好哇，裡面的音樂很好聽

我臉紅。。。

下下下下下下下一個冬天之前，我每天都受不了自己
受不了自己每天都在想念寒冷
受不了
除了寒冷，我什麼都穿不下！

一個又一個冬天增長我們的愛情

這艱澀的，甚難穿透的
溫柔傢伙，我愛的

寒冷～

由外而內我從骨頭裡深深深深深深地愛上不能自拔

曇花

姊姊嫌不好看，又舊
當初我們把爸打扮得那麼俊
這樣太對不起媽了～她不斷嘀咕
三姊妹便到菜場
買新洋裝、內褲、白襪、鞋
問賣店阿婆有什麼規矩沒有
她說，只要能燒乾淨的就行

距離上一回給媽買，我只記得
當時媽還認得人
正在寫她的大詩
一輩子沒對人生發表過意見的媽
吐出一串串，字句清晰
卻聽不懂的
雲
有人擔憂，有人生氣，除了我

默不作聲，感受著
新面世的詩人
音色

第二次工作人員推媽出來，我看見
她眼下出現斑塊，溫度計顯示
零下 17，和我冰箱冷凍櫃一樣

媽穿著舊襯衫、舊長裙
我們買的新洋裝呢？
（看不出內褲是否新的）
後來哥才告訴我們，好看，但
穿不上身

媽快跑！快跑！快！

火來了！

穿長裙和穿洋裝
哪個媽跑得快？

飄蕩

媽媽一死，得到媽媽的最後希望
已然破滅，這輩子再不用
為此努力了
我在更廣闊的天地遊蕩
輕鬆倒立
頭下腳上
準備隨時再被懷胎，呱呱墜地
蚱蜢、老鼠、青蛙、魚、烏鴉、蛇
無論哪種產道
楓香也行，楓香尤佳！

有一回爬上六、七公尺高的樹眺望，風起時樹葉婆娑，香氣四溢，想起天神就在不經意間搖這結果的樹一把，鄒族男女便飄然落下，啊啊

我拍的紀錄片

佈置了機關幾個
其中最陰險的
我現在才看出來
是那道
室內樓梯
女人從上走下來
一直下一直下
總不到底
片子裡
那是我媽媽
現在是我

大佛

媽媽很不屑
和＊寺那群尼姑
說都是些失戀，被男人拋棄
得不到愛情的
女人，因為絕望
而非信仰，跑來當尼姑

賣楊桃的人說，如果把未熟的楊桃
放進冰箱，放一個
啞巴一個，放兩個
啞巴兩個

信仰、絕望、拋棄、愛情
這些大詞，打成金牌
成天掛在胸前
好冷！乳腺就漸漸啞了

每次眺望和＊寺黃金大佛
我就給碩大的佛腳
旁邊擺上十幾個啞巴乳房
爸爸說他親眼見過，人把酒肉
送進和＊寺後門供養住持
住持還跟尼姑亂搞，生了
很多私生子，全村都知道

這回我比較清醒
持船槳，拍碎
佐佐木小次郎前額
決鬥獲勝，這個武藏
是爸的偶像
但臥室夾縫我翻出祕密藏書
發現爸深愛
另一味
他很有可能把和＊寺
做成風味料理

料理，不一定可信

可當我再度眺望和*寺黃金大佛
在啞巴乳房旁邊，我擺了一根
香腸

紅通通，向上昂揚

和大佛趾頭
差不多肥

剃刀邊緣

北部有錢的二姑姑客廳
充滿了恐怖和色情
殭屍、裸女、剃刀
從未見過的豪華浴室
剃刀一閃
斷裂的果子噴出
血
玻璃畫滿符咒
我不能動了
表哥、表姊、表弟說他們特別挑選
最輕微
不加辣的
限制片
「第一次幫你突破嘛
不急」
北部有錢的二姑姑客廳

這間外科手術房
一個夜晚扺我們鄉下十個
剃刀伸出玻璃
給我上了麻藥
醫師好強
他掏啊挖啊
怎麼我有那麼多掏不完的內臟
他在內臟間翻找、緝捕
我的童年
屋內的小孩都是他動的手
他割上癮了
一個也別想逃
割過的身體
特別適合播電影
加什麼都可以
我的表哥、表姊、表弟密切地期待
電影街
又多一間
出租電影院

2020 年
11 月 25 日 12 點 16 分

鼻子一陣抽搐
紙漿廠摸進了
鼻孔深處
幽黑的水
映照著

我出生的東岸小村

在小村，日日夜夜
耳朵屬於太平洋
黃金大佛、紙漿廠則分別統治
村民的視覺和嗅覺
它們尤其喜歡
野生的小孩

我已經很久沒有回鄉
前天不知道
為什麼寫詩給大佛
像小時候用幼嫩的指頭
沾海水在礫石上畫
磕磕巴巴，但很大很大的神

一定是這樣
引發了嫉妒，紙漿廠
鑽入地下
乘太平洋伏流湧現
於滾滾沸沸
氣味喧鬧的西岸商業區
要抓小孩回家

天大的膽子！
她比黃金大佛更教人害怕

如果這首詩
不能打發
我暫時歇會兒
戴上口罩，再寫

兩個女生

兩個女生要去玩
不是要去公園
是要去很大的空地
那空地有些拆下來的木板
找到沒釘子的木板
堆高起來就是好玩的翹翹板、
很斜的雲、老鷹、比目魚
有些顏色向左看齊，有些
向右
兩個女生從翹翹板下來
大也大了許多，小也小了許多
天還沒有黑
她們用撿到的釘子
一個畫巨人的腳
一個畫巨人的頭
很大的空地不夠畫了

只好請翹翹板飛走
很久以後，兩個女生又碰面了
「你好哇！」「你好！」
兩個女生一起畫她們相遇的地方
那是巨人的
肚子
沒辦法啦
這裡夠停一隻麻雀
第二隻就太擠了
沒辦法啦
只好請巨人少吃一點

「既然你已經長這麼大了～沒關係吧～」
兩個女生躺著了
一個當巨人的一只眼睛
一個當巨人的一只耳朵

天，就黑下來了
天，就靜下來了

兩個女生 02

兩個女生要去玩
不是要去公園
也不是要去很大的空地（昨天去過了）

兩個女生邊走邊唱催眠曲
唱催眠曲就不怕遇見壞人了
這個道理是

外婆一口一口餵給媽媽
媽媽再一口一口餵給女生

催眠曲沒有寫
每一回，女生的媽媽的
青色的臉
變得更青
每一回，女生的爸爸的

黑色的臉
變得更黑

當他們從中途點折返

各自背著米袋，米袋很沉
爺爺和奶奶在米袋裡繼續趕路
不知道已經換過方向

道路兩旁充滿鼓譟、黑壓壓的敵人：
燒肉的煙、比太陽大且亂飛亂撞著的
蛋、起司、奶、
雞腿、豬腳、羊蹄子

兩個女生把嚼了很久的催眠曲
朝下水道扔進去

大人教的東西的確有用
是使用前要看保存期限

從下水道跑上來的風
就很新鮮，帶著筋肉和力氣
吹進兩個女生的肚子

練習著
轉圈：

一、二、三、四、五、六、七

七七四十九
九九八十一

狼養的

三個月爸媽沒有下山
米店不肯再賒帳
我沒力氣爬樹、跑步，祖母牽我
趴到河邊喝個飽

牠來了

很小的時候
我摸著天搖搖晃晃
正在學走的女孩
倒映在牠眼裡被雲包覆，那是我

牠從山上的大岩塊
跳向海邊的礫灘
給礫石帶來火
海水發燙，祖母的床也整晚沸騰

我聽見
他們睡在一起

可惜我終於睡著
直到腳邊堆著暖呼呼
剛被殺死的雞、羊
還有我最愛吃的海魚

祖母又升起爐火，忙碌起來
樹上猴子跳來跳去
一匹野馬衝破了牆，那是我

狼養的

小馬

從山腳她一路仰望野百合
太平洋也不斷舉手發問：
這群山坡閃動的白色小馬
是誰
帶來？

微微鹹的香
順著斜坡湧動
花香托起遊子被世界的鐵
弄鈍了的蹄

她必須來白色小馬群裡待著
直到蹄子香而且柔軟

然後翻過山嶺
朝綠摺子裡的家　深入

新媽媽

我把手放在頭上
於是有了
新媽媽
這麼容易的事
費了我幾十年的倒立
（沒有被生下來）
十幾首詩
（沒有被生下來）

急躁的
我總是給自己找麻煩
帶著鹿角衝撞森林
火星引來大火時跳躍逃命

冒煙的蹄子用空氣畫畫
比電影好看

此刻也比電影好看：
新媽媽的手放在我頭上
從頭頂流下來
哇溫暖
我被包覆
不可思議的輕
像是利用了一個支點
讓地心引力巧妙
變成圓
哇神奇的第二次誕生
那第一次？
是不是地心引力也曾彎曲

我和新媽媽抱在一起
看天
舊媽媽正在飛翔
她一直飛不停
又大又野，擋住太陽月亮星星
此刻

終於拖著尾巴飛進雲裡

後記

尼泊爾，一座苯教寺院。

十二位通過十五年嚴格修習與考驗的格西端坐高椅，接受信眾與親友的致敬，年輕喇嘛們熱烈歡呼。一個小孩拖著鼓鼓的尿布褲匍匐前進，凝視地板上一縷纖細毛球。

那毛球隨氣息顫動、逃逸，小孩一次次伸手，一次次撲空，卻兩眼放光，繼續追索。

我盯著他和毛球，想起自己的第一首詩，寫的正是這縹緲之物，寫它如何帶我飛離物理時空，而我如何為之心醉神迷。此刻的我與當年的我再次相遇，彼此端詳……

當孩子幾乎得手，一個大人將他高高拎起，帶到另一邊，不讓他干擾儀式。他掙脫，再度奔回原位，卻發現毛球已不見……他趴地匍匐，如獵人般機敏，鼻子拉長、雙耳豎直，搜尋蛛絲馬跡。

很快，又一雙大手插入，這次是位年輕喇嘛，把孩子舉至半空回旋，想逗他笑。喇嘛慈愛，卻未察覺孩子的目光仍在搜索，仍在追尋……

小時候，我家曾在河腰搭蓋違建，房下的河長著七條腿，洶洶奔海，入夜，風從底下伸爪，用奇特的嗓音喊我。

我縮進棉被，瑟瑟發抖，後來學會了——用歪歪嘰嘰的口哨吹回去。

阿嬤罵我：「死囡仔，半暝呼噓仔，會共魔神仔招來！」

等她睡著，我躡手躡腳爬起來，躲進角落繼續吹，想看看魔神仔到底生作啥款，卻一次次撲空。

這麼多年來，打斷與威嚇時而有之。

以愛之名，也不例外。

＊＊＊

「我」和「我」彼此端詳……

喔，外貌變了，但內心深處的野地依然騷動。

河長著七條腿，由山奔流到海，孩子扔掉鞋，臉髮沾滿種子、鳥屎，被螞蝗吸血、火蟻叮咬，有時跑在野獸後面，有時跑在前面……

世界變了。

有人放下詩，拿起武器。
有人擁抱短影音，吸食社群多巴胺。
有人與 AI 相視大笑，結為莫逆，互換靈肉……

to be or not to be——

「這是個難題啊：
論氣魄，哪一種更高超呢？——忍受命運的
肆虐，任憑它投射來飛箭流石；
還是面對無邊的苦海，敢挺身而起，

用反抗去掃除煩惱？」

繼續詩的人，也經受懷疑啃噬。
或猶疑，或堅定，寫下或不寫下什麼。
或願意遺忘（unlearn）呼吸，再重新學習吐納。

也有人繼續寫華美、精巧、乾淨的詩，
和現實維持禮貌距離，
讓自己，也讓他們的讀者安心。

而我呢？

我仍追索「縹緲之物」？是。
我仍任它打開隙縫，引我滾入未知的維度？是。
而當我從未知的維度回來，才發覺：

現實裡堅固的物事，
構造嚴密，甚至被理性感性之光包覆的，
同樣充滿隙縫和開口——
是另一種「縹緲之物」。

我用詩寫下發現，有時喜悅，有時痛苦。

忍不得時，我便脫掉鞋子，赤足踩上礫石，
讓它們撫摸被世界的鐵磨鈍了的腳，
飛回野地。

＊＊＊

去年，和天才吹笛手 Steev 到台東都歷海灘散步。
火山噴發又急速凝固的岩石，尖牙利嘴，等著咬人。
他不願脫鞋，卻極願親近更強的磁鐵——
那片洶湧的太平洋。

我看著他，講給他故鄉老人的提醒：

「永遠不要背對海洋！」

Steev 立即轉身面對海，並說要把這句話帶回去。

嗯，永遠不要背對海洋。
無論是哪種，願我的詩直面它（們），保持野性。

早點睡。不要怕妳四叔 / 阿芒著 . --
初版 . -- 新北市 : 遠足文化事業股
份有限公司雙囍出版 : 遠足文化事
業股份有限公司發行 , 2025.04
　面 ;　公分 . -- (雙囍文學 ; 22)
ISBN 978-626-7640-00-5(平裝)
863.51 114002245

早點睡。不要怕妳四叔

阿芒 著

遠足文化事業股份有限公司 雙囍出版
責任編輯 廖祿存
裝幀設計 朱疋

出版 遠足文化事業股份有限公司 雙囍出版
發行 遠足文化事業股份有限公司（讀書共和國出版集團）
地址 231 新北市新店區民權路 108-2 號 9 樓
電話 02-22181417
Email service@bookrep.com.tw
郵撥帳號 19504465 遠足文化事業股份有限公司
網址 http://www.bookrep.com.tw
法律顧問：華洋法律事務所／蘇文生律師
印製：中原造像股份有限公司
初版 1 刷 2025 年 04 月
定價：400 元
ISBN：978-626-7640-00-5
EISBN： 9786267640012（EPUB）

本書榮獲國家文化藝術基金會創作補助